VQ

**Magdalena Jagelke**, 1974 in Polen geboren, lebt seit 1986 in Deutschland. Sie hat Amerikanistik studiert und danach einen Master der Bibliotheks- und Informationswissenschaft erlangt. Veröffentlichungen in Print und elektronisch. Mutter eines Sohnes.

Verlag Voland & Quist GmbH, Dresden und Leipzig, 2018


Korrektorat: Kristina Wengorz
Umschlaggestaltung: Stephanie Wunderlich
Satz: Fred Uhde
Druck und Bindung: CPI books GmbH, Leck

www.voland-quist.de

MAGDALENA JAGELKE
EIN GUTES VERBRECHEN
Voland & Quist

Die Handlung und alle Personen sind frei erfunden. Ähnlichkeiten mit lebenden Personen wären rein zufällig.

## Vorbemerkung der Autorin

Protagonistinnen und Protagonisten in Extremsituationen, von Schakalen, Hunden, Wölfen, Gazellen, Bären oder anderen Tieren aufgezogen, in den Kellern der Welt zu Hause, als von der Wissenschaft dokumentierte Fälle oder in der Kunst. Ein bekanntes Beispiel aus dem deutschsprachigen Raum ist Kaspar Hauser.

Werden wir, auf welche Art auch immer, verletzt, dann schreit es in unseren Köpfen, es geht mit uns durch. Doch so wollen wir nicht bleiben, wollen anerkannt werden, dazugehören, um jeden Preis.

Magdalena Jagelke, im August 2018

»Suis-je né trop tôt ou trop tard?
Qu'est-ce que je fais en ce monde?«

aus: Paul Verlaine, *Gaspard Hauser chante*

Mein Name ist Princesse, und das ist die Wahrheit. Ich habe meinen Selbstmord überlebt.

Ich stand im nach Tod stinkenden Morast, hatte Angst, darin zu versinken. Ich schrie ob der hellen Sonne am Himmel. Ich stellte mir vor, wie es sein würde, wenn ich aufwachte. Die Sonne würde scheinen. Vögel würden singen. Mutter würde da sein und wäre freundlich wie noch nie. Ich würde anders sein, ein Käfer vielleicht oder ein Blatt am Baum.

Manchmal mache ich einen Umweg. Ich horche auf das Rascheln zwischen meinen Stiefeln. Dem an mir vorbeitrippelnden Hund an der Leine tropft es aus der Schnauze. Gelbbölige Spucke. Der Hund hustet in den Blätterhaufen, dann kackt er auf die Blätter. Die Blätter wirbeln auf.

Ich sitze am Fenster und pfeife vor mich hin, eine Melodie aus meinem Kopf. Ich beobachte die Fliegen. Sie schlagen sich um die Krümel von den Keksen, die ich vorher aß.

Noch immer schaue ich durch die Scheibe in den Regen. Dort ist es grau, sind konturenlose Schatten.

Die Sonne hängt neben einem Firmenlogo, um das Licht herum versammeln sich die Wolken.

Die Sonne sticht ihre Strahlen in den Himmel. Mit den Pfeilen im Herzen schreit der Himmel auf.

Einmal sagte Mutter, die Arbeit sei getan. Dass sie die Rosen niedergemetzelt habe. Ich fragte sie, was für Rosen und warum. Sie antwortete:

»Da war Ungeziefer. Überall solche Würmer.«

Mein Schnaufen, das Pulsieren überall in meinem Körper und der Gestank, der Schweiß unter den Achseln.

Ohne Schweiß kein Preis, bläute Mutter mir ein, und dass nach einem Gewitter ein Regenbogen kommt.

Wenn ich zurückblicke, erinnere ich mich an die Hunde. An den Mond, an die Milch, die glühende Sonne und schreiende Blätter, an die Banknoten, die Mutter mir schickte, und an Mutters Lied. Jene Musik in meinem Kopf.

Steckte Mutter früher ihr Haar hoch, war ihre weiche Haut besser sichtbar. In ihrem Gesicht steckten grüne Augen, die Männer starrten sie an, pfiffen ihr hinterher.

Schneite es, zog sie mich zu sich auf den Schoß, und wir hockten am Fenster, vor dem die Flocken tobten. Mutter erzählte von dem Tag meiner Geburt, dass sie unter Schmerzen einen Sturm beobachtete und dass sie mir, als ich schließlich auf ihrer Brust lag, vorsang. Und dass sie an Gott dachte, während sie so sang.

Mutters Mutter besuchte uns manchmal. Sie legte nie ihre Jacke ab. Unter der Jacke versteckte sich ihr Seelentier. Ich fürchtete mich vor diesem Tier.

Großmutter war ein Tier.

Vater ist Soldat, von ihm lernte ich, wie man schlaffe Säcke boxt. Er scheuchte mich durch das Haus. Mach dies, Tara, hol das.

Mutter kochte selten und nahm mich kaum in den Arm. Sie tanzte auf den Illustrierten, die für Hausfrauen gedruckt werden. Erst verließ sie Vater und später mich, sie sagte:

»Du bist alt genug«,

griff nach ihrem Mantel und ging einfach aus der Tür.

Dass dies das Beste gewesen sein soll, was sie mir antun konnte, erfuhr ich erst später. Anfangs war ich wie taub. Ich lief von einer Ecke zur anderen, weinte im Zimmer, mit dem Regen, der vor den Fenstern lärmte, ging wie auf Scherben, zog die Vorhänge auseinander, und der Mond fiel über mich herein mit all seinen dummen Mysterien. Dem Mond beichtete ich meinen Kummer. Zum Trost drückte der Mond mich mit seinem Glanz. Doch konnte ich nicht aufhören zu weinen, wollte nachts nicht schlafen. Tag und Nacht vermischten sich, und ich saß im Zwielicht vor einer Packung Rasierklingen. So stellte ich mir den Tod vor. Etwas, das einen aus dem Vorher in ein Nachher reißt.

Ich sah meine Seele sterben, doch Engel bastelten mir schon eine neue. Erst wenn Engel aufhören zu basteln, geht es mit allem wirklich zu Ende.

Das Geld, das Mutter daließ, teilte ich mir ein. Ein paar Münzen nahm ich jeden Tag mit zur Schule. Ich freute mich auf das Kantinenessen. Im Unterricht schrieb ich mit, als ob nichts wäre, als wartete Mutter im Vorort auf mich. Ich meldete mich, schrieb die Lösung an die Tafel.

Ich hoffte, dass man mir nicht ansah, dass Mutter mich verlassen hatte. Fragte man mich, wie es Mutter gehe, entgegnete ich:

»Gut.«

Ich lud die Mädchen nicht zu mir ein. Wir verabredeten uns zum Lernen in ihren Wohnungen. Ihre Mütter waren fürsorglich, schauten ins Zimmer und brachten Kekse. Das fand ich übertrieben, aufgesetzt und eigenartig.

Die Mütter beharrten darauf, mich nach dem Lernen nach Hause zu fahren, das war der Gipfel. Weit vor meinem Block sagte ich:

»Es ist hier. Stopp, bitte!«

Ohne Danke zu sagen, stieg ich aus dem Wagen.

Mutter schickte mir eine Aufstellung der Kosten, die anfielen, bis ich volljährig sein würde, unterschrieben mit *Viel Glück, Liebes*. Der Umschlag trug keinen Absender. Sie überwies die Miete und ein monatliches Budget zum Leben.

Aus der Ferne sorgte sie für mich. Trotzdem spürte ich das Band zwischen uns ganz nah. Es flatterte in der Luft und zwischen den Bäumen in der Welt.

Kurz nach ihrem Verschwinden betrat ich Mutters Zimmer. Als wäre sie gestorben, um es zu lüften, Staub setzte dort schon überall an.

Ich entsorgte ihre Kleider, brachte die Tüten zur Altkleidersammlung, bevor der Stoff verblich, bevor die Motten alles fraßen.

Dinge, die keinen Wert mehr hatten. Ich verkaufte Mutters Schmuck und bereute es nicht.

Jeder Quadratmeter der Wohnung war nun kostbar. Den Platz brauchte ich für mich und meine Gedanken. Ich musste alles neu ordnen, auch Mutters Platz in meinem Kopf.

Manchmal hasste ich es, allein zu sein. Dann pinkelte ich auf das Geld, das Mutter mir schickte, ließ es auf der Heizung trocknen, ging ins Einkaufszentrum und zahlte damit das Brot.

Geld stinkt. Und die Erde dreht sich weiter. Sie bleibt auch dann nicht stehen, wenn Mütter verschwinden oder Revolutionäre Mühlen in Brand setzen.

Im Winter taut Schnee, aber sehr langsam. Betrachte ich ihn, wird es warm um mein Herz. Manchmal weiß ich nicht, wohin mit meinem Herzen. Wohin mit den Empfindungen, die mich übermannen.

Damals gesellte ich mich zu den Jungen, die abends vor dem Block standen, schaute zu, wie sie ihre Hunde aufeinanderhetzten. Sie ließen sogar Hühner gegen die Hunde antreten. Die Hunde rissen die Hühner auseinander. Das Blut der Hühner schimmerte im Halbdunkel in dem von einer Glühbirne beleuchteten Raum im Keller. Der Duft, den das Blut verströmte, drang über das Fenster hoch.

Je weiter oben man wohnt, desto schwächer die Gerüche. In den oberen Stockwerken ist man dem Himmel näher. Gott näher, den der Gestank der Welt nichts angeht. Gott hat seinen Himmel, den Menschen überlässt er die Wälder.

Man kann in den Wald gehen und die Luft dort einatmen, aber man darf kein Holz sammeln. Wohnungen sind mit Heizkörpern ausgestattet, ihnen fehlen Kamine. Ich fürchte mich vor der Firma, die die Heizkosten kassiert.

Es vergingen Werktage, Wochen, Jahre. In den Straßenecken häufte sich der Müll. Am Wochenende machte ich Windowshopping, ging ins Kino oder ins Theater.

Die Menschheit bleibt ein Ordner voller Adressen. Wild geht es nur noch im menschenleeren Raum zu, auf unentdeckten Planeten, wo Leben in den Tiefen schlummert. Während man vor sich hin sinniert, geht die Sonne unter, die Dunkelheit streckt ihre Klauen aus. Die Geister kriechen aus ihren Löchern.

Ich verriegele die Tür und stelle das Weinglas ab, chatte unter einem Nickname mit Leuten in der ganzen Welt. Alle beschäftigen sich mit denselben Fragen. Alle drehen sich im Kreis. Alle schwimmen mit dem Strom.

Dagegen, dass ich auf Formularen eine Nummer bin, protestiere ich nicht. Ich beschwere mich noch nicht einmal darüber, dass hier im Vorort die Hunde bellen. Ich schließe das Fenster nicht, benutze keine Ohrstöpsel.

Der Vorort, in dem ich wohne, liegt in einem Länderdreieck in Westeuropa. Dass er trotzdem nicht der Nabel der Welt ist, weiß ich, seit ich in Gent eine Scheibe Brot probiert habe. Das Brot war so lecker, dass ich mich dafür schämte, mein Roggenbrot jahrelang beim selben Bäcker gekauft zu haben.

Als ich einmal von einer Ausstellung erfuhr, rief ich Vater an, in seiner Kaserne in der Nähe Russlands, ich sagte Napoleon in den Hörer. Vater beantragte Urlaub. Vor Napoleons Portraits salutierte er nicht nur innerlich. Ein anderes Mal rief ich Vater an und fragte ihn nach seiner Meinung zu all den Dingen, die mir oft den Feierabend verdarben. Dass es in meinem Herz so leer war wie im Postkasten, wie das sein konnte, was es bedeutete. Ich fragte ihn um Rat.

»Denk nach, Mädchen. Willst du lieber einen Briefkasten voller Briefbomben haben?«, fragte Vater.

*Ja*, flüsterte es in mir.

Es war schon immer besser, Vater nach dem Mund zu reden. Er wird schnell wütend, und das ist nicht gut für ihn. Er leidet unter hohem Blutdruck und soll sich nicht aufregen. Außerdem lohnte sich Ärger mit Vater nicht, damals wie heute. Er war meine Option, falls es alles nicht geklappt hätte. Dann wäre ich in die Kaserne ausgewandert, hätte bei den Militärs gelebt bis zu meinem Lebensende. Dass ich zu ihm ziehen sollte, schlug Vater vor, als er von Mutters Verschwinden erfuhr.

Ich hatte es ihm erst gesagt, als die Trauer verflogen und das erste Geld angekommen war.

Seltsam, wie Vater mir immer wieder Trost spendet, ohne dass er mich tröstet, allein dadurch, dass er Soldat ist. Ich stehe vor dem Spiegel und sage zu dem Spiegelbild:

»Du Soldatentochter.«

Ich stelle mir vor, dass Generäle unten stehen und meinen Briefkasten bewachen, die Geschosse abfangen.

Soldaten vor den Briefkästen, nicht nur vor meinem, das wäre wahrer Schutz, eine Revolution.

Die Zeit bis zum Abitur brachte ich lernend und sparend zu. Schließlich rechnete ich das Geld durch. Es würde für das Studium reichen – und für ein Auto. Den Führerschein hatte ich mit siebzehn schon in der Tasche.

Mit achtzehn kaufte ich einen gebrauchten Volvo.

Der Volvo kostete nur sechstausend, er war silberfarben und hatte abgewetzte Stoffsitze. Ich hielt dem Autohändler das Geld hin, er dankte mit einem Lächeln.

»Viel Spaß damit.«

Ich grinste zurück.

»Danke.«

Ich befestigte den Autoschlüssel an meinem Schlüsselbund und stieg ein.

Vorschriftsgemäß fuhr ich in Richtung Vorort. Zunächst mit fünfzig Kilometer pro Stunde, dann mit dreißig im Vorort, als ich auf den Parkplatz hinter dem Block zufuhr. Ich wunderte mich, dass nichts frei war, drehte mehrere Runden. Dann fand ich doch eine Lücke, in der Straße am Einkaufszentrum. Ich manövrierte den Volvo zwischen die beiden Wagen, die dort standen, stieg aus und schaute nach. Es war sehr eng. Trotzdem schloss ich die Türen ab, ließ ihn einfach so dort stehen.

Ich ging nach Hause, setzte mich vor den Fernseher und konnte nicht aufhören, an den Volvo zu denken. Mir war unwohl bei dem Gedanken, Verantwortung zu tragen, wenn auch nur für ein Blechkonstrukt mit dem Logo Volvo darauf. Ich war wie meine Rabenmutter, ich war eine Blechrabenmutter, eine, die vergisst, dem Baby Benzin zu geben.

Am nächsten Morgen wachte ich auf, und er fiel mir sofort wieder ein. Der Volvo. Ich sprang aus dem Bett.

Er stand noch dort, wo ich ihn geparkt hatte. Die anderen Autos waren fast alle weg, es musste ein Werktag gewesen sein. Doch an der Windschutzscheibe steckte ein Zettel, der Hinweis, mein Parkverhalten würde angezeigt.

Ich stieg ein. Weg, dachte ich nur. Das Kind in den Brunnen schmeißen.

Lästige Babys verschwinden hinter Klappen, aufsässige Hunde gibt man in einem Heim ab. Meinen Volvo bin ich auf einem Schrottplatz losgeworden. Unter Wert, so eilig hatte ich es, die Last von mir abzuschütteln.

Dann stieg ich in den Bus, fragte mich, wen anrufen, ich hatte das Bedürfnis, über das Volvo-Problem zu reden. Es fiel mir niemand ein. Ich erzählte es dem Busfahrer. Er sagte, ich sei nicht die Erste, die falsch geparkt habe.

Kein bisschen getröstet stieg ich aus dem Bus, es dämmerte bereits, ich drehte noch ein paar Runden zu Fuß, denn ich hatte keine Lust, in die Wohnung zu gehen. Ich hockte auf der Treppe, bis der Mond zu glitzern begann. Ich wartete auf die Jungen mit den Kampfhunden an den Leinen, doch sie ließen sich nicht blicken, und von da an nahm mein Problem überhand.

Irgendwie schaffte ich es trotz allem, mich am nächsten Morgen aufzuraffen. Ich hing in der Küche vor dem nicht gedeckten Tisch. Ich zwang mich, Wasser in den Automaten zu schütten, schaute, wie sich der Becher langsam füllte. Bevor ich aus dem Haus ging, aß ich eine Scheibe Brot, sie war mit Käse und Gurkenscheiben belegt. Ich fuhr mit dem Bus zur Universität.

Mit meinen Gedanken nicht bei der Sache saß ich im Seminarraum, hoffte, die Anzeige wäre verschwunden, auf eine Art vergessen, von Geister Hand zerstört. Doch musste ich lernen, dass nichts einfach so verschwand. Mein Gehirn speicherte das Datum. Ich weiß noch, dass es ein Dienstag war. Mein Gehirn weiß noch genau, was ich an jenem Tag gemacht habe.

Nach dem Seminar saß ich in der Bibliothek, später im Universitätspark. In meinem Kopf sausten die Formeln, über mir lärmten die Vögel, und ich richtete mich auf, um dem Lärm zu entfliehen. Doch die Vögel waren überall. Sie kreisten über der Stadt, kreisten über der Welt. Nach der Vorlesung saß ich im Bus und hoffte, die Vögel würden nicht durch die Decke brechen.

Bevor ich in die Wohnung ging, kaufte ich Knabberzeug. Mein Gehirn weiß noch, dass es Salzstangen waren, außerdem Kaubonbons und mehrere Dosen Cola.

Mein Gehirn weiß auch noch, dass an der Treppe ein Fahrrad lehnte, obwohl ein Schild das Abstellen von Fahrrädern verbot. Ich betrat den Flur und knipste das Licht an. Im Briefkasten steckte ein schmaler Umschlag. Ich riss den Brief auf und fand den Absender. Die Polizei. Eine Aufforderung, in der Wache zu erscheinen.

Denke ich an die Unterredung mit den Polizisten zurück, wundere ich mich, dass mein Körper immer noch so zittert.

Stark geschminkt, im Minirock, von Angst ergriffen und dem Weinen nahe saß ich vor den Polizisten und beteuerte meine Unschuld. Die Worte Strafe und Gefängnis huschten durch meinen Kopf.

Ich glaubte, mich verhört zu haben. Nur ein Strafzettel.

Einer der Polizisten lachte auf, der andere bestätigte, dass ich mich nicht verhört hatte. Der andere sagte schnippisch, ich hätte Glück gehabt. Ich nickte.

»Sicher.«

Ich zahlte die Strafe, dann hieß es, ich könne nach Hause gehen. Ich nickte.

»Pass in Zukunft besser auf, Mädchen.«

Wieder nickte ich.

Vorher war ich nicht so ängstlich. Ich öffnete die Briefe und las sie einfach. Ich wertete die Inhalte nicht, ich dachte mir: Was soll's, dann rufe ich Vater an, er wird mir schon helfen.

Doch nach der Sache mit dem Volvo ist mir klar geworden, dass auch Mädchen wie ich zur Rechenschaft gezogen werden. Dass auch Soldatentöchter Vorschriften brechen können. Ich sah mich plötzlich in anderem Licht. Ich war nicht mehr unschuldig.

Die Tochter eines Militärmanns konnte doch eigentlich nicht anders als perfekt sein. Engelsschön, folgsam und still. Das alles war ich nun nicht mehr.

Am Abend kochte ich und nannte es Verbrechersuppe. Als ich morgens aufwachte, kitzelte die Sonne meine Verbrecherstirn. Ich stand auf, knipste den Fernseher aus, ich musste beim Spätfilm eingeschlafen sein, ging in das Badezimmer und wusch meine Verbrecherhände.

Mein Körper verschwindet manchmal. Man könnte Nadeln in die Haut stechen, der Schmerz ist nicht spürbar, wenn der Körper nicht mehr da ist.

In solchen Momenten sehe ich nur Weiß. Ein Weiß wie das der Badezimmerkacheln. Es blitzt auf in mir. Ich laufe lieber auf kalten Kacheln als auf weichen Teppichen. Flauschige Teppiche stinken mit der Zeit. In Teppichabteilungen von Möbelhäusern kriegt man kaum Luft. Muff.

Als ich klein war, hatte ich eine Kuscheldecke. Die hatte Mutter mir gestrickt. Sie lächelte und legte mir die Decke auf die Schultern, ich lächelte zurück, weil es sich so gehört. Man dankt für Geschenke. Man dankt der Mutter. Man muss höflich sein zur Mutter, weil die Mutter einen zur Welt brachte.

Ich legte die Decke zu den Motten in meinem Kleiderschrank, prüfte regelmäßig, wie weit sie mit ihrer Arbeit waren.

Als die Motten das Werk endlich vollbracht hatten, zeigte ich es Mutter.

»Was ist das?«, fragte sie.

Als sie erkannte, was von der Decke übrig geblieben war, beschuldigte sie mich, die Löcher in die Wolle gefressen zu haben, aus Rache, weil die Decke zu kurz geraten war. Sie hatte recht. Die Decke war zu kurz. Sie reichte nur bis zu den Knien.

Mutter heulte wegen der blöden Decke. Aber eigentlich, weil sie sich im Vorort langweilte. Sie hatte dort keine Freunde, saß nur in der Wohnung, unternahm nichts gegen die Langeweile.

Ich öffnete währenddessen ein Fenster, setzte mich auf das Fensterbrett und schaute, wie Tüten und Bälle durch die Luft flogen. Ich ging nicht herunter, machte da nicht mit.

Mutter sagte, ich solle das Fenster schließen, weil es ziehe, weil wir uns noch erkälten würden.

Es gab Nudeln, wenn Mutter ausnahmsweise kochte. Oder Eintopf aus der Dose. Wie man isst, so schaut man aus. Mutter sah aus wie ihre Tütensuppen.

Mutter war der Meinung, ich sei schnell von Begriff. Es stimmte, ich las einen Satz, und schon hockte er in meinem Kopf.

»So ist es mit den Wunderkindern«, sagte sie zu mir, »andere erinnern sie daran, ein hervorragendes Gedächtnis zu haben.«

»Gehen wie auf Watte. Fliegen ohne Flügel. Mein Leben rollt sich jetzt schon vor mir ab.«

Bei diesen Sätzen eines zu Tode Verurteilten bleibe ich während des Zappens hängen und wundere mich über den Mann. Ein Interview wenige Tage vor der Vollstreckung. Einem Genie wäre mehr eingefallen. Das Kamerateam köpfen oder eine Geisel nehmen, ein letztes Aufbäumen, bevor man sich ergibt.

»Es kann nicht hell genug vor der Linse sein«, sagt er.

Im Gegenteil. Ich finde, es kann nicht dunkel genug sein, sonst verschwinden die Geheimnisse, und es wird langweilig.

Geschichten aus Gefängnissen habe ich sehr gern.

Nicht erst seit dem Vorfall mit dem Volvo, seit Verbrechen real wurden, stecke ich mit einem Fuß in einem unheimlichen Labyrinth.

Jemand, der das Glück hat, ein gutes Gedächtnis zu haben, schreibt nie mit. Ich schrieb nie mit. In den Vorlesungen kaute ich an meinen Nägeln. Ich wunderte mich über mein Gedächtnis.

Mein Gedächtnis und ihre Hobbys trennten mich von den Kommilitonen. Auch verstand ich ihre Hektik nicht, und dass sie Lerngruppen bildeten.

Vielleicht hätte ich ähnliche Hobbys wie die Kommilitonen gehabt, wenn Mutter nicht verschwunden wäre, ich den Volvo nicht falsch geparkt hätte, es keine Briefkästen und Strafzettel in der Welt gäbe.

Doch ich brauchte die anderen nicht. Ich vergewisserte mich nur ab und zu, dass sie noch da waren.

Es genügte, aus dem Fenster zu schauen. Immer war jemand unten. Ein Lächeln macht sich im Gesicht breit, wenn man weiß, man ist nicht ganz allein mit sich. Selbst dann nicht, wenn man allein vor dem Computer hockt.

Ich hockte immer gern allein vor dem Computer. Einmal nahm ich ihn auseinander und schraubte ihn wieder zusammen. Es gehörte zum Lehrplan, der Dozent sagte:

»Damit ihr lernt, wie es in dem Kasten aussieht.«

Computer sind Kabel, die Informationen übertragen, hätte ich dem Dozenten am liebsten ins Ohr geflüstert. Er war ein junger Informatiker, der in den Lehrbetrieb nur hineingerutscht war.

Es ist erlaubt, Herzen zu brechen.

Ich verabredete mich mit den Studenten, die sich in mich verliebten. Sie wohnten zur Untermiete bei gut betuchten Damen oder in Studentenwohnheimen. Es kam zu Zärtlichkeiten. Als die Jungen aufdringlicher wurden, stellte ich mir vor, sie wären der Informatiker.

Liebe ist nichts für Idiotinnen wie mich, die sich an manchen Tagen für ein Wunder halten. Gefühle schmelzen unangekündigt.

Der Anblick des Dozenten tat bald nicht mehr weh. Irgendjemand wird mich mal lieben, und die Liebe währt ewig, wenn der Richtige auftaucht, dachte ich damals.

*Mutter, du kriegst mich nicht kaputt*, flüsterte es immer und immer wieder in meinem Kopf. Der Job gehörte mir. Die Zusage kam per Post.

Ich hatte einen Arbeits- und einen Studienplatz, versuchte aber immer noch, den Volvo zu vergessen.

Ich kannte andere nur vom Sehen. An die Kommilitonen traute ich mich nach wie vor nicht heran. Es war wie mit den Schulfreundinnen, sie würden nicht zu mir in den Vorort kommen. Und wenn ja, dann würden sie nur über das Studium reden. So waren sie. Auch wenn sie in der Mensa saßen. Sie redeten über den Lernstoff und über Bewerbungen. Sie konnten nicht abschalten. Wie programmiert.

Auch ich bin eine Maschine, aber mit mir ist es anders. Jemand wie ich, eine Fremde, nimmt sich Dinge einfach heraus. In meinem Leben passt alles zusammen, zumindest für mich selbst. So wie es ist, ist es okay.

Es machte mir nichts aus, meinen Geburtstag alleine zu feiern. Ich stieß mit dem Mond an, er lachte sein hellstes Lächeln.

»Was für eine Nacht!«, raunte ich dem Mond zu, auf dessen Glatze ein Engel und der Teufel saßen.

Wären Menschen und Monde kompatibel, würde ich mich mit dem Mond verheiraten. Der Mond wäre mein strahlender Gitarrero, jede Nacht vor dem Fenster. Wir wären originell. Der Mond mit mir zusammen würde alles in den Schatten stellen.

Die ängstliche Horde sitzt sicher hinter dem Steuer. Angst schützt vor Gefahren. Angst dreht den Schlüssel um. Hat man Angst, bleibt man lieber zu Hause. Ich Ängstliche vergifte mit meiner Angst die Welt.

In meinen Tagträumen laufe ich mit Hunden, deren Fell parfümiert werden müsste. Die Hunde können nichts dafür, dass sie zottelig aussehen. Sie wälzen sich im Dreck, beschnüffeln Müllhalden.

Jemand, der solche Hunde bei der Jagd ertappt, bleibt stehen und bewundert die Anmut der Geschöpfe. Er kennt die Hunde nicht. Er weiß nicht, dass auch Hunde leiden.

Mit wilder Sehnsucht im Herzen und dem Wind im Stinkefell laufen die hübschen Hunde ihrem Verderben entgegen, dem Leben. Sie ahnen, dass die Nächte kälter werden, aber sie haben ja immer noch ihr dickes Fell.

»Das Leben ist grausam, Tara«, sagte Mutter manchmal.

Ich weiß nicht, ob sie damit recht hatte.

Beim Milchholen trifft man gequälte Hunde.

Ich traf auf sie, als ich eines Tages nach Feierabend auf dem Nachhauseweg einen Umweg machte.

Es fühlte sich nicht falsch an. Ich drehte Kreise in der Siedlung.

Das Haus des Försters in dem Land, in dem ich geboren wurde, fiel mir ein. Vater und ich hatten dort früher einmal Pilze gekauft: Wie wir dort in seinem Flur standen, die toten Tiere an der Wand hingen und der Förster lächelte.

»Kommen Sie doch herein«, hatte er gebeten.

Wir betraten den Raum, in dem mir bange wurde, weil an der Wand der Kopf eines Wildschweins hing. Die trockenen Pilze lagen auf einem Tisch, ausgerechnet unter dem Kopf des Schweins. Der Förster sagte:

»Ich hole die Waage.«

Vater pickte die schönsten Pilze aus dem Haufen, ich versteckte mich hinter seinem Rücken.

Heute tröstet mich die Tatsache, dass hier alles anders ist, zahmer als in jenem anderen Land. Es gibt den Tierschutz. Tiere dürfen keine Trophäen sein. Keine ausgestopften Tiere hängen an den Wänden.

Mein Umweg führte mich weiter in eine Gasse zwischen zwei Villen, die hinter die Siedlung führte. Am Ende der Gasse blieb ich stehen. Dort stand ein Schloss. Eigentlich ein Schlösschen mit heller Fassade und einem Schild vor dem Tor. *Milchhof* prangte auf dem Schild. Das passte gut, mich dürstete es ein wenig. Ich drückte auf den Knopf. Die

Aufschrift an der Klingel verriet den Namen. *Feldbach*. Der Mann, der aus dem Schloss trat, stellte sich auch so vor:

»Feldbach.«

Er trug Gummischuhe und eine Latzhose.

»Ja, bitte?«

»Die Milch.«

Ich deutete auf das Schild.

Er nickte.

»Aah … ja.«

Ich folgte Feldbach. In einem der Betriebsgebäude kaufte ich ein Glas Milch.

»Früher waren hier nur Felder, unweit der Felder floss ein Bach. Deshalb heißt es Feldbach«, zwinkerte Feldbach mir zu.

Er drückte das Kreuz durch.

»Baron von Feldbach.«

Ich hatte keine Ahnung von Aristokraten und fragte, wo ich das Glas am besten abstellen sollte.

»Schon in Ordnung«, sagte er und nahm es aus meiner Hand.

Zurück im Vorort googelte ich Feldbach.

Es war einmal ein Ritter namens Feldbach, der einen Folterplatz errichten ließ. Dort ließ er Hunde hängen, die ihn bei der Jagd störten.

Unsichtbare Zungen. Federn in der Luft. Ein Wolf, er verschwindet beim nächsten Wimpernschlag. Ich schließe das Fenster. Kein Platz für neue Geister, wer sollte sich auch um sie kümmern?

Unten im Institutskeller kannte ich mich gut aus. Ich nahm immer Rücksicht, wollte die Geister nicht erschrecken, knipste das Licht nicht an, strich über das kalte Fell.

Zur Begrüßung und nach Feierabend drückte ich die toten Pfoten, in den Werkstunden redete ich mit den unsichtbaren Hunden.

Wären die Geister nicht gewesen, hätte ich schon längst gekündigt gehabt und wäre etwas anderes geworden, Stuntfrau zum Beispiel. Stuntleute täuschen gegen Bezahlung Tode vor. Dagegen war ich ein Nichts. Langweilig. Traurig.

Werktags Milch trinken.

Ich nahm eine Kanne mit, freute mich auf den Feierabend, die Führung durch Feldbachs Schloss. Feldbach zeigte mir die Zimmer, an den Wänden hingen Waffen, Feldbach nahm ein Schwert herunter und hielt es hoch.

»*Nulle terre sans seigneur.*«

»Sie sprechen Französisch?«

Feldbach lächelte.

»Aber selbstverständlich, das gehört zur Tradition.«

Er verriet mir ein Geheimnis. Etwas, das nur der Adel weiß: Er erkenne sich an den Schwertern. »Hängt ein Schwert am Feld«, sagte Feldbach, »so bedeutet das, dass dort ein Edler wohnt.«

Selbst dem Boden von armen Junkern, eher Bauern als Aristokraten, dürfe ein Schwert nicht fehlen. Der Adel sei für den Kampf geboren.

Ich fragte:

»Warum Milch, Herr Feldbach, warum sind Sie nicht etwas anderes geworden?«

»Wegen des Karmas«, entgegnete er, »zu viele Tote. Der Tod verdirbt die Generationen.«

*Non sunt fructus nisi deductis impensis.*

Feldbach verkauft Äpfel, vermietet die Laube im Schlossgarten. Bei den Hochzeiten duftet es nach Apfelblüten. Der Apfelwein verkaufe sich im Sommer sehr gut, sagte Feldbach. Auch sagte er, falls ich einmal heirate, dann vielleicht sogar in seinem Schloss.

»Ich würde die Laube für Sie reservieren. Zu Sonderkonditionen.«

Das Fräulein, ich, sei ihm sympathisch.

*Vim vi repellere licet.* Der Ritter, der die Hunde folterte, starb durch die Hand eines Hunderächers.

*Una eademque nobilitas.* Schwerter, Wappen, Siegel, Diener in Livreen, Hüte mit Federn, Saison, Pferde, Jagdhunde.

Feldbach sagte, die Feldbach'sche Milch sei gesund und die aus dem Supermarkt Gift für den Magen. Seitdem kaufte ich nie wieder Milch im Discounter.

Ich interessiere mich für Filme aus den anderen Vororten, abonniere die Online-Vorschauen der Kinos in den Banlieues.

In anderen Vororten lebt man von Luft und Liebe, von Ballons, die Träume heißen und wie von selbst platzen.

In der Ferne hing schon ein Nebel der Verheißung, und der Himmel wirkte pudern wie eine Zuckerwand.

Ich war begabt, konnte viele Sprachen und hatte genug Geld, um den Tank zu füllen. Also fuhr ich im gemieteten Mercedes los, um den Film zu sehen, der mich interessierte, in Frankreich.

Der lockere Farbstaub zwischen den grauen Blocks, die Muster auf den Mauern, die Aufkleber auf den Säulen, das Obst und Gemüse, die Düfte aus den Läden, die Hitze, die feurig flirrend vom Boden aufstieg.

Ich parkte den Mercedes in der Banlieue, stieg aus dem Mercedes und schloss die Tür ab.

»Bonjour«, hörte ich, und ich antwortete:

»Bonjour.«

Man wiederholt Worte, spontan und ohne Grund, so wie man auf Hey mit Hey antwortet oder auf Guten Morgen mit Guten Morgen. Ich hoffte, dass meine Antwort richtig war.

Das Kino war eine Baracke, innen auffällig geschmückt. Girlanden hingen an der Decke. Echte Blumen. Sie dufteten.

»Ich habe reserviert«, sagte ich

Der Kartenverkäufer grinste. Er schaute in das Heft, das neben der Kasse lag.

»Tara?«, fragte er.

Ich schüttelte verneinend den Kopf.

»Eigentlich heiße ich Princesse.«

»Pourquoi pas? Princesse«, entgegnete er.

Sein Name war Didé, und er war ein Flirtmeister. Er behauptete, ich sei süß, wirklich sehr süß. Ich schleuderte das Kompliment zurück.

»Du bist auch süß.«

Er fragte, was ich später vorhabe. Er hatte Kusslippen. Wir verabredeten uns für nach dem Film.

Auf der Leinwand wuchsen Pflanzen im Zeitlupentempo, Mücken summten, Hunde keuchten, ein Sprecher erklärte das Keuchen. Er sagte, es sei der Duft, Naturdüfte ließen die Tiere keuchen. Er sagte auch: das Projekt. Mehr Pflanzen in die Banlieue.

In Didés Wohnung ließen wir uns auf ein Sofa fallen, Didé hielt mich eng umarmt und fragte, ob ich ihn möge. Ich antwortete:

»Oui.«

Das meinte ich auch so. Ich mochte ihn wirklich. Für den Moment. Für diese Nacht.

»Princesse, oh, Princesse«, flüsterte er.

Danach rauchten wir, obwohl ich gar nicht rauche. Didé sagte, der Job im Kino passe nicht zu seinem Abschluss.

Liebe, diese Sache mit den füreinander zitternden Herzen.

Von Sehnsucht ergriffen und allein.

Zurück in meiner Wohnung rollte ich das Poster aus, »Mehr Pflanzen in die Banlieue«, wuchtiges Gestrüpp vor Banlieue-Kulisse. Ich pinnte es an die Wand im Flur. Zwischen den Zweigen huschte Didé herum. Er lächelte und meinte mich. Ich sah ihn, roch die Banlieue-Luft. Die Banlieue-Luft schluckte ihn schließlich, und ich stand wieder allein da in der Wohnung im Vorort, von der Sehnsucht ergriffen.

*Nicht der Erste und nicht der Letzte*, flüsterte es in mir, erinnerte mich an die Jungs, die ich früher mal geküsst hatte, vor denen ich floh, die ich nie vergessen werde. Am Ende der Schritt hinaus.

Es tat mir leid, Didé beklaut zu haben. Ich hatte die Zigaretten einfach aus der Packung genommen. Obwohl ich gar nicht rauchte, Didé nicht viel verdiente und Zigaretten teuer sind. *Was bist du für ein Schwein*, flüsterte es in mir. Ein verliebtes Schwein im Nebel der Vororte.

Ich meldete mich krank. Das blühende Gefühl in mir erstickte ich mit Alkohol. Ich trank und rauchte Didés Zigaretten auf, rief ihn an und legte auf, als er den Hörer abhob.

Man könnte im siebten Himmel schweben, wären nicht die Vorahnungen. Die Angst und die Kriege in der Welt.

Es könnte etwas passieren. Es steht in den Sternen. Der Tod kündigt sich nicht an, die Verabredung mit ihm lässt sich nicht verschieben. Alles stirbt. Man zählt sich zu den Sterbenden.

Mutter ist schuld daran, dass ich nicht der Liebe gefolgt bin, nicht alles hingeschmissen habe für Didé. Mit Mutter ist es so: kein Anruf, keine Karten, noch nicht einmal zu den Feiertagen oder zum Geburtstag. Es ist sinnlos, sich den Kopf über Liebe und Leben zu zerbrechen.

Ich schaue an mir herunter. Meine Haut ist durchsichtig. Unter ihr pulsiert unheilvoll das Blut.

Mutters Haut war zäh und undurchsichtig. Das weiß ich noch. Schwer zu durchstechen, die Adern unauffindbar, das sagten die Krankenschwestern, sie fanden Mutters Blut nicht. Noch nie hatten die Schwestern so eine Haut gesehen.

Meine Haut glänzt nicht wie Mutters Haut.

Ich stelle mich vor den Spiegel und schminke mir die Lippen rot. Dann gehe ich ins Einkaufszentrum und kaufe einen Blumenstrauß. Zurück in der Wohnung stecke ich die Blumen in mein Haar. Meine Haut an rosa Blüten ist das Schönste überhaupt, einzigartig, unübertrefflich, meisterlich. Bevor ich Falten kriege, lasse ich mich operieren. Oder der Tod holt mich, bevor ich alt werde.

Gelangweilt und wie immer nervös wegen der Geister, aber vor allem hübsch saß ich nach dem Wochenende mit Didé im Institut.

Mein Kopf fühlte sich schwer an, ich musste ihn mit den Händen stützen. Sonst wäre er mir vom Hals gefallen. Die Angst machte ihn schwer.

In der Mittagspause fuhr ich in den Vorort, um zu prüfen, ob mit meinem Leben alles in Ordnung war. Es hing davon ab, was im Postkasten steckte.

Hätte Mutter mir zwischendurch etwas geschickt, Worte, die Mut machen, hätte ich vielleicht nicht so viel Angst gehabt.

Ich war ganz allein mit mir.

Ich frage mich, warum Mutter früher traurige Lieder sang. Und warum man sich als Erwachsener so klein vorkommt in der Welt.

Während ich Feldbachs Milch trank, trampelten die Geister in meinem Kopf herum. Das Wesen, das Mutter auf mich losließ, nistete sich in meinem Magen ein.

Ich legte die Münzen auf den Tisch. Feldbach verschwand, kam wieder mit einem Handschuh. »Probieren Sie ihn an, kommen Sie, Tara.«

Ich zog mir den alten Lappen über die Finger, das zerfetzte Etwas aus dem Mittelalter, die rechte Hand eines Hundemörders.

»Es fühlt sich anders an als die Handschuhe, die ich sonst trage.«

»Natürlich, in dem Handschuh steckt Geschichte, lässt sich gar nicht vergleichen«, entgegnete Feldbach.

Ein dermaßen alter Handschuh, bestimmt sehr viel wert.

»Wissen Sie was, Tara?«

Ich zog den Handschuh aus.

»Was, Herr Feldbach?«

»Wenn sie wollen, dann schenke ich ihn Ihnen.«

Er sagte wieder das Wort. Sympathisch sei ihm das Fräulein.

Ich trank meine Milch aus. Den Handschuh ließ ich liegen.

Ich beschloss, zu Fuß zu laufen, Feldbachs Worte hatten mich erschüttert, seine Großzügigkeit bezüglich des Handschuhs überrascht.

Ein Anschlag auf mein überhöhtes Ich. Wunderkinder biedern sich nicht an.

*Die Feldbach'sche Milch gärt und stinkt*, stichelte es in mir. Ich lachte auf. Stimmt genau. Wer trinkt schon solche Milch? Wer außer mir? Feldbach konnte sich glücklich schätzen, dass das Wunderfräulein seine Milch kaufte. *Hört, hört, das Wunderfräulein*, redete es in mir. Genug des Größenwahns. Dafür, dass ich nichts konnte, spuckte ich laute Töne.

Im Vorort brach die Nacht an, und in mir säuselte es. Regen beklopfte den Block, und es säuselte.

Nachts, wenn es still ist, finde ich es am schlimmsten, dann ist es in meinem Kopf unerträglich laut.

Es war kein Werktag wie jeder andere, alles um mich herum schrie Happy Birthday, Tara!

Mutter war seit Jahren weg.

Nun war ich dreiundzwanzig Jahre alt.

Mit dem Gefühl der Leere saß ich in der Straßenbahn und starrte in die Aussicht. Zwölfter April, es war kühl. Die Kälte kroch unter meinen Rock, den ich zu Anlässen wie dem Geburtstag anzog. Der Rock, die weiße Bluse. Kekse für die Kollegen.

Im Institut legte ich die Packung auf den Schreibtisch und schrieb eine Rundmail. Dann wartete ich.

Gegen Feierabend schneiten die Kollegen herein, um einen Keks für den Heimweg mitzunehmen. Es gab nur Blumen, keine Geschenke. Sie entschuldigten sich.

»Keine Zeit zum Einkaufen gehabt«,

und:

»Nächstes Jahr bestimmt, versprochen, Tara.«

»Sei nicht böse, ja?«

Ich lächelte.

»Natürlich.«

Luisa überreichte mir den Blumenstrauß und sagte:

»Alles Gute von uns allen, auch vom Leiter.«

Der Leiter sei erkrankt, fügte sie hinzu.

»Ach so.«

Sie meinte, er gratuliere mir persönlich, wenn er wieder da sei. Sie strich über meinen Arm.

»Ganz bestimmt, Tara.«

Ich steckte meine Nase in die Rosen und saugte den Duft ein.

Luisa nahm mich später in ihrem Auto mit.

»Das ist selbstverständlich, heute ist doch dein Geburtstag, Tara.«

Ich mochte Luisa. Im Institut war sie die Einzige, der ich mich anvertraut habe, der ich von den Geistern im Keller erzählte.

Ich fragte, ob sie Milch möge.

Sie nickte.

»Ja, warum?«

Auf Geburtstage stößt man nicht unbedingt mit Sekt an. Milch. Ich wollte Milch. Wir fuhren in Richtung Schloss. Bei Feldbach kaufte ich drei Gläser. Wir stießen an. Luisa und Feldbach flirteten heftig. Ich trank aus und brach auf. Feldbach rief mir nach:

»Noch mal alles Gute, Tara!«

In meinem Kopf tönte es, *du Idiotin, hoffst immer noch, dass deine Mutter dir zum Geburtstag eine Karte schickt.*

»Ruhe!«, schrie ich.

Im Briefkasten steckten nur Prospekte. Ich war wütend, wie jeden Geburtstag schwelgte ich im Hass auf Mutter.

Im Frühling Feldbachs Feste, die Hochzeitssaison begann. Feldbach hatte mich eingeladen, Luisa begleitete mich. Feldbach sei in ihrem Alter und außerdem ein netter Mann. Das sagte Luisa, sie verriet mir, dass sie in ihn verliebt war.

Wir halfen Feldbach mit den Gästen, lächelten adrett und verteilten Sektgläser. Luisa pflückte eine Apfelblüte und steckte sie sich ins Haar. Sie trug ein steif wirkendes Kostüm. Es kaschierte ihre Fettpölsterchen. Feldbach zwinkerte ihr zu. Er hielt eine Rede für die Hochzeitsgesellschaft. Luisa kicherte und umschwirrte Feldbach wie ein Schmetterling. Man läuft den Männern nicht hinterher, würde Mutter bestimmt sagen. Jemand wie Luisa aber vielleicht doch. Jemand, der keine Angst vor der Liebe hat.

Die Kirschen im Garten blühten, der Himmel war blau und Feldbach gut gelaunt. Der hatte gut lachen. Er trank mit den Gästen. Das Geschäft mit den Hochzeiten zahlte sich für ihn aus.

Die Feldbach'sche Milch schmeckte mir nicht mehr, seitdem Feldbach und Luisa eine Affäre hatten.

Im Institut ignorierte ich ihre Nummer auf dem Display, rief nicht zurück und leitete keine Infos weiter, keine Wünsche, keine Beschwerden. Kam sie herunter, flüchtete ich mich in den Keller.

Immer häufiger stapelten sich die Unterlagen auf meinem Tisch, ich hatte Angst und keine Zeit, sie zu bearbeiten. Ich musste in den Vorort fahren, um den Briefkasten zu prüfen. Die Hin- und Rückfahrt machte die Dauer meiner Mittagspausen aus.

Der Leiter zitierte mich manchmal in sein Büro.

»Es ist zu lang.«

Ich nickte.

»Ich weiß, aber ich kann nicht anders.«

In meinem Kopf lachte es, *du dummes Huhn*.

»Selber«, entfuhr es mir.

Er fragte mich:

»Wie bitte?«

Er klopfte mit dem Stift gegen die Tischplatte.

»Was sagten Sie?«

»Nichts.«

»Haben Sie etwas gesagt, Tara, oder habe ich mich verhört?«

»Nein, haben Sie natürlich nicht. Aber ich habe nichts gesagt, ich glaube, ich habe nur hatschi gemacht.«

Ich verzog meine Lippen.

»Sie haben nicht geniest, da bin ich mir sicher.«

Der Leiter setzte mir eine Frist, dann entließ er mich in den Feierabend.

Schaue ich hoch, ist da nur der Himmel, der nie zurückbrüllt, wenn ich ihn anschreie. Selbst wenn der Himmel die Wolken in Stücke reißt, ist das kein Aufschrei, sondern nur ein Spiel. Stumme Wolken, warum schreien sie nicht zurück? *Du stellst dumme Fragen, Tara*, flüstert es in mir. So, wie die Menschen in die Welt geboren werden, so auch die Wolken.

Man läuft im Kreis, findet nicht zurück. Ich wünsche mir, auf den Weg gebracht zu werden.

Efeu an einer Wand, sorgfältig getünchte Zäune, Blumen vor den Einfahrten. Nur hört man keine Stimmen. Wo wohnen hier die Menschen?

Ich trete auf einen Zweig, es knackt unter meinen Füßen, der Zweig zerbricht in Stücke, und daran bin ich schuld.

Ich laufe bis zum Straßenende. Mein Gesicht ist heiß wegen der Tränen. Ich kühle die brennenden Wangen in einer Pfütze, fast ertrinke ich in ihr. Stinkendes, dreckiges Wasser.

Sind es Ecken, sind es Rundungen, was ist es, worauf ich sitze? Es fühlt sich seltsam an. Als wäre dies gar nicht die Wohnung, nicht der Vorort, nicht das Zuhause.

Ich schalte den Laptop aus und versuche einzuschlafen. Es summt in meinem Kopf, der Laternenstrahl dringt in den Raum. Lärm, obwohl es Nacht und still werden müsste. Das lauteste Geräusch, das es gibt.

Es war Winter. Schnee drehte sich vor meiner verschnupften Nase.

Alles um mich herum drehte sich.

Ich erinnere mich, wie Mutters Hände durch die Luft glitten, wie sie gestikulierte. Nicht ungewöhnlich, dort, wo wir herkommen. Vielleicht ist das alles nur ein Traum. Es wundert mich, dass sich meine Augen öffnen, dass ich morgens aufwache und aus dem Bett springe wie eine Tänzerin auf ein Seil.

Ich frage mich, wie lange noch, wie viele Arbeitswochen werden es werden?

Ich recke meinen Hals, meine Augen weinen. Und wie immer antwortet der Himmel nicht.

Es war Frühjahr, Flirten zwischen Tulpen, die Uhr hatte ich vergessen, die Welt drehte sich auch so. Der Besitzer des Grundstücks versuchte, mich anzubaggern. Betreten verboten hieß das Spiel.

Ich schätzte ihn auf dreißig Jahre. Sein Haar war ein Stoppelfeld, seine Lippen zwei dünne Striche.

Das Spiel hieß auch: versuchen, sich loszureißen. So, wie er mich küsste, bekam ich kaum Luft.

Ich fragte mich, wie ich dorthin geraten war und warum es nicht Didé war, den ich küsste.

Der Tulpenduft, das Summen der Insekten, die prallen Kelche, in meinem Kopf summte es.

Als seine Hände unter meinen Rock wanderten, hatte ich genug, befreite mich aus der Umarmung und lief, so schnell ich konnte.

Es war Sommer. Die Sonne blendete und trocknete alles aus. Im Licht war ich blind. Die Sonne ging unter.

An einem Wasserhahn trank ich ein wenig, ich hörte Schritte und Stimmen, das tröstete nicht, machte nicht weniger einsam.

Ich wusste, ich musste mich einschließen, bevor der Mond aufgehen würde. Dann, als er am Himmel triumphierte, betrachtete ich ihn aus sicherer Entfernung. *La la la, die Sonne, la la la, der Mond*, sang es in mir, illuminiert und ausgelaugt fiel ich ins Bett. Mein Kopf schmerzte. Ich schwitzte.

Im Länderdreieck sind die Nächte heißer. Alles hier schreit. Die Blätter an den Bäumen, die Leute in den Blocks, die Menschen und die Hunde.

Werktags hatte ich keine Lust, früh aufzustehen, mich umzuziehen. Das hatte nichts mehr mit dem Leben, wie es war, zu tun. Es war nur ein Entwurf, ein Kleid, das zwickte. Man zwängt sich in solche Kleider, man will nicht anecken, man macht mit.

»Hau ab«, fauchte ich den Mond an, »ich liebe dich nicht. Lass mich schlafen.«

Ich verstand die Nacht nicht mehr. Ich hasste den Mond. Ich verliebte und entliebte mich. Ich sah nichts. Als wäre ich blind.

Mutter ist eine böse Hexe. Was bin ich nur für ein Kind? Der Mutter den Tod wünschen, auf einem Scheiterhaufen.

Mich gleich mit auf den Scheiterhaufen.

Manchmal blieb ich morgens einfach liegen, auch wenn ich nicht krank war und es ein Werktag war.

Schlecht gelaunt lag ich auf dem Sofa, betrachtete die Wolken, die aussahen wie praller Zucker, *süße Watte*, flüsterte es in mir. Zu süß, mein Blick kehrte wieder ins Zimmer. Vom Himmel zurück an die mit Fliegen tapezierte Wand. Die toten Fliegen rutschten an der Wand herunter. Ich hatte keine Lust, aufzustehen und die Fliegen aufzulesen. Es ekelte mich vor dem Tod.

Die Stimme in meinem Kopf machte sich über mich lustig, *ha ha, du Loserin, nichts kriegst du auf die Reihe.* Oder sie pfiff vor sich hin, zischte, und ich fragte mich, wann sie endlich stirbt.

*Niemals, ich bin unsterblich*, entgegnete sie dann. Stirb, bitte, stirb, flehte ich sie an. Sie hatte kein Mitleid, war ein böses Tier. Zischte in der einen und heulte in der anderen Ecke.

Ich floh aus der Wohnung, doch vor ihr lässt sich nicht fliehen. Sie saß ja in meinem Kopf. Ich drehte mich im Kreis. Zwischen den Blättern an den Bäumen, zwischen den Gräsern summten die Käfer, und in mir sprach und sang sie, unentwegt. Ich machte die Augen zu, dann öffnete ich sie wieder. Ich suchte ein Straßenschild.

Jemand sagte:

»Hau ab.«

Ein anderer:

»Reiß dich zusammen.«

Ich schaute an mir herunter. Ich hatte keine Schuhe an.

Das war bestimmt ein Versehen. Barfüßig wandert kein Mensch umher.

*Sssssst, wie armselig*, sprach es in mir, *Tara vergisst, sich anzuziehen.* Sie hatte recht. Ich war so gut wie nackt.

Man ist so nackt, wie man sich fühlt. Und ich fühlte mich ausgezogen, der Haut entledigt, mutlos und kalt.

Als ich stehen blieb, sah ich das Schild

**Nicole Voss**

***Familienrecht***

Kein Zufall, dachte ich mir.

Das Schild schrie mich an. *Ruf mich an, Tara, ich will dir helfen!* Ich bat einen Passanten um Stift und Zettel, notierte die Adresse der Anwältin. Dann lief ich zurück in den Vorort, nach Hause.

Schon Nicole Voss' Sekretärin hatte mir Trost gespendet. Frau Voss habe Zeit für mich, sogar in den nächsten Tagen.

Der Termin war nicht notwendig, aber ein Vorhaben. Man braucht schließlich Ziele, um nicht zugrunde zu gehen.

Die Mutter eine Rabenmutter, der Vater in der Ferne, und ich, das Wunderkind, zeichne Blumen für mich selbst. Eine Tulpe, eine Rose und eine Sonnenblume. Ich schneide die Blumen aus. Vom Schneiden schmerzen meine Finger, und die Blumen sehen nach nichts aus. Enttäuscht reiße ich das Papier in kleinste Stückchen, werfe die kaputten Papierblüten in den Abfalleimer.

»Ça va, Princesse?«

Als hätte Didé es geahnt. In jener Nacht sehnte ich mich nach der Liebe.

»Ich vermisse dich«, raunte ich in den Hörer.

Didé hatte Neuigkeiten, er hatte einen anderen Job gefunden, und das wollte er mit mir feiern.

Ich sollte mir vorstellen, was wäre, wenn er neben mir läge.

Ein gutes Verbrechen.

Es ergab durchaus Sinn, dass ich dort saß, im Büro der Anwältin für Familienrecht. Ein Anlass, eine Bluse und einen Rock zu tragen, sich zu schminken wie an einem Werktag. Nervös wegen des Wortes Familie, neugierig darauf, ob die Anwältin selbst eine Mutter war, wie solche Räume eingerichtet sind, ob es in Kanzleien wie dieser Stillmöglichkeiten gibt.

Ich schlich mich aus dem Warteraum, vorbei an der Zimmerpflanze, im Flur lächelte ich die Empfangskraft an.

»Wo ist hier die Toilette?«

Sie streckte den Arm und deutete in Richtung Flur.

»Ganz am Ende, einfach durchlaufen.«

Ich lächelte erneut.

»Danke.«

Sie nickte.

»Natürlich, gern.«

Ich suchte den Flur ab. Es gab keinen Stillraum.

Nicole Voss ignorierte das Knurren meines Magens, oder sie hörte es nicht. Ihre Augen schauten hoch von dem Ordner, den sie in den Händen hielt:

»Guten Tag. Was führt Sie zu mir?«

Ich streckte meine Hand aus. Sie richtete sich auf und erwiderte meinen Gruß. Ihr Händedruck war fest. Akkurat setzte sie sich wieder in den Stuhl mit den breiten Lehnen.

Ich sagte:

»Der Soldat … ähm … mein Vater hat mir zu einer Anzeige geraten.«

»Eine Anzeige, hmmm, und gegen wen, bitte?«

»Gegen meine Mutter.«

Nicole Voss griff nach der Tasse, die vor ihr auf dem Tisch stand und trank ein wenig.

»Warum gegen Ihre Mutter?«

Ich mochte ihre Stimme, sie hörte sich samtig an.

»Sie ist vor einigen Jahren verschwunden, danach kam nur noch das Geld. Vater findet das unmöglich, trotz des Geldes, das sie überweist.«

Nicole Voss nickte.

»Ich verstehe.«

Ich merkte an, dass ich eigentlich gern allein war, mir die Mutterliebe nur noch selten fehlte.

»Aber Ihr Vater hat sich um Sie gekümmert?«

»Ja, telefonisch, könnte man sagen, er lebt nicht hier, sondern hinter der Grenze.«

»Hinter welcher Grenze?«

Sie rieb sich das Kinn.

»In dem Land, in dem ich geboren wurde.«

Ihre Hand wanderte vom Kinn zur Wange, dann zur Stirn, an der sich Falten abzeichneten.

»Ah ja, hinter der Grenze.«

»Ja.«

»Gibt es jemand, der Sie unterstützt? Haben Sie Freunde, Verwandte?«

Feldbach fiel mir ein. Doch statt Feldbachs Namen sagte mein Mund »Didé« und plauderte auch noch aus, dass ich in ihn verliebt war.

»Wie schön, dass Sie einen Freund haben.«

»Ja, es ist schön, er lebt in Frankreich.«

Ein Lächeln huschte über ihr Gesicht.

»Wenn ich es richtig verstanden habe, ist Ihre Mutter seit Jahren verschwunden? Wie lange ist es her?«

»Ja, Sie haben recht.«

»Womit?«

»Dass sie seit Jahren weg ist.«

Es lohnte sich nicht, Mutter anzuzeigen.

»Das mit der Anzeige habe nicht ich mir ausgedacht.«

Nicole Voss seufzte.

»Das kann ich mir denken.«

Ich nickte.

»Genau.«

Schweigen für Minuten. Nicole Voss machte Notizen. Dann beugte sie sich vor.

»Hören Sie zu, Tara. Was ich jetzt sage, sage ich nicht als Anwältin. Sie können froh sein oder leiden. Damit meine ich, dass Sie die Wahl haben. Es gibt Menschen, die das, was ihre Mutter getan hat, für ein gutes Verbrechen halten.«

Ihre Worte versetzten mir einen Stich.

»Es ist so, als hätte sie mich nackt in den Schnee gesetzt.«

Ich verstand Nicole Voss' Blick nicht, mitfühlend und gleichzeitig herausfordernd.

»Sie haben es überlebt.«

*Wie Hundemütter ihre Welpen ins Wasser werfen, damit die Kleinen schwimmen lernen*, flüsterte es in mir.

»Ihre Mutter bleibt die Mutter, glauben Sie mir, ich weiß, wovon ich rede.«

»Ach ja?«

»Ja, ich bin selbst Mutter. Man hört nie auf, sein Kind zu lieben.«

Die Frage nach der Mutterschaft von Nicole Voss war geklärt. Ich setzte ein Häkchen in der Liste in meinem Kopf.

»Sie sind frei, Sie haben sich abgenabelt. Leute, die das nicht schaffen, werden selten glücklich. Je früher, desto besser.«

»Meinen Sie so Muttersöhnchen?«

Sie nickte, dann drehte sie ihren Kopf und blickte nachdenklich aus dem Fenster.

»Wissen Sie, was schön wäre, Tara?«

Sie schaute mich traurig an.

»Was, Frau Voss?«

Ich versuchte, meine Stimme sanft klingen zu lassen.

»Wenn es solche Verbrechen nicht gäbe … die Väter oder Mütter, die mit Fürsorge ihre Kinder töten …«

Dann schaute Nicole Voss zur Uhr an der Wand.

»Es tut mir leid. Die Zeit ist um.«

*La la la la … ein gutes Verbrechen*, sang es in meinem Kopf. Meine Hände packten wahllos Dinge in den Einkaufswagen.

Ich klopfte gegen meine Stirn, Didé anrufen, ihm verklickern, dass wir zusammen einen Ausflug machen. Er wusste noch nichts von seinem Glück. Und mich krankmelden, die Beurlaubung lief bald aus.

Den Ausflug buchte ich irgendwo, in meinem Kopf dröhnte es, ich sah alles wie durch einen Nebel, den Mund der Reisekauffrau, ich sagte nur:

»Zwei Tage, Samstag, Sonntag.«

Der Mund fragte, welcher Ort mir vorschwebe.

Ich zuckte mit den Schultern.

»In Ordnung«, entgegnete der Mund.

Die Hände der Reisekauffrau blätterten in Prospekten.

»Die Niederlande oder Frankreich«, fügte ich hinzu, »Frankreich wäre besser.«

Die Reisekauffrau sagte, Frankreich biete Möglichkeiten.

Die Tickets steckte ich in die Plastiktüte. Das Weekend in Paris, ein Hotel in der Innenstadt.

Wenn es in meinem Kopf nur nicht so laut wäre. In der Wohnung schluckte ich eine Baldrianpille.

*Ein gutes Verbrechen, du dummes Wunderkind, la la la, ha ha, tsssss, la la*. Ich setzte mich, wartete, dass der Lärm aufhörte, nahm noch eine Pille, danach noch eine.

Als ich aufwachte, ärgerte ich mich darüber, in Rock und Bluse eingeschlafen zu sein, mit ungeputzten Zähnen und ohne aufgeräumt zu haben. Ordnung ist das A und O, auch wenn man im Vorort wohnt. Vor allem dort.

In den Vororten sind die Straßen sauber. Sogar in Kiosken kann man Seife kaufen. Wie überall ist das Leitungswasser allerdings auch dort nicht kostenlos.

Was das kostenlose Wasser angeht, sind Hunde besser dran. Immerhin vertragen sie das Wasser aus den Pfützen.

Ich horchte auf das Bellen. Ich träumte, die Hunde im Keller zwängen mich zu Boden, befreiten mich von meinen Schmerzen.

Als es in mir wieder still war, rief ich Didé an. Nach dem Küsschen in den Hörer verkündete ich die Neuigkeit:

»Toi et moi à Paris, amour.«

Am Ende der Leitung breitete sich Stille aus.

Wie ich auf die Idee gekommen sei, fragte er. Mein Herz schlug schneller. Plötzlich klang Didés Stimme hässlich in meinen Ohren.

»Kommst du nicht mit?«, fragte ich.

»Nein, so meine ich das nicht, Princesse.«

Ein mulmiges Gefühl stieg in mir hoch.

»Komm schon, Didé, lass mich nicht allein.«

»Ich weiß es nicht … ich muss los …«

Die Liebe hatte Kratzer bekommen.

Man protestiert nicht, wenn der Leiter seinen Ärger kundtut, auch wenn er es nicht selbst, sondern durch Luisa tat.

»Woran genau bist du erkrankt, Tara?«

Das hatte ich vergessen. Ich hatte keine Krankmeldung. Auf die Schnelle erfand ich eine Geschichte:

»Der Arzt sagte, dass es dieses oder jenes sein könnte. Um ehrlich zu sein, weiß ich es nicht genau.«

Luisa schwieg. Ich sprach weiter in den Hörer:

»Die Krankheiten beginnen ja alle gleich. Mit Fieber, das ist es, ein Fieber.«

Sie schien ihre Stimme wiedergefunden zu haben.

»Und wie soll ich das im Institut erklären?«

»Es ist wahr, ich schwöre. Es fing nachts an, ich zitterte ganz furchtbar, gleich morgens ging ich zum Arzt, mein Gesicht glühte wie verrückt und …«

»Hör auf.«

Ihre Stimme klang genervt.

»Wie?«

»Ich habe genug gehört.«

»Luisa, versteh doch, bitte …«

»Tara, Mensch, komm endlich klar.«

Sie legte einfach auf.

Paris.

Etwas kam dazwischen, Didé fand das Abteil nicht oder ist gar nicht erst in den Zug gestiegen.

Das Flimmern vor meinen Augen. Ich sah Nicole Voss in der Kanzlei für Familienrecht.

Nicole Voss auf einem Aktenberg, ein Buch diente ihr als Sitz. Nicole Voss als Justitia, als die Mutter, die sie war. Ihr Mund öffnete sich und hauchte die drei Worte, sie kreisten vor meinen Augen.

Ein gutes Verbrechen. Drei irre Bienen.

*Dummkopf*, sprach es in mir, *worauf wartest du eigentlich?*

Die Stunden ohne Didé zogen sich in die Länge, ich hoffte, er würde mich noch finden.

Endstation, und die Hoffnung war noch nicht tot. Ich reckte meinen Hals, suchte Didé im ganzen Bahnhof. In mir sprach es, ich solle damit aufhören, dass er bestimmt nicht da sei und mich gar nicht mehr liebe. Ich ballte die Hände zu Fäusten und suchte aus Trotz weiter, schubste die Leute um mich herum weg, wunderte mich, als plötzlich Polizisten auf mich zukamen. Sie sagten auf Französisch, das müsse ein Ende nehmen. Ich ließ mich von ihnen in Richtung Ausgang führen.

Das Taxi, das die Polizisten herangewunken hatten, fuhr ein Mann, der sich als Wang vorstellte. Das Schimmern war nichts Neues. Auch die Tauben, die Dächer, all das. Paris funkelte wie immer, ich war früher schon einmal dort gewesen, nur erinnere ich nicht, mit wem. Mit Mutter vielleicht oder mit jemand anderem.

Die Pension war zentral gelegen. Chez Madame Claris, Rue de l'Élysée. Ich zahlte für die Fahrt, stieg mit meinem Koffer aus dem Taxi, als ich klingelte, öffnete das Tor sich automatisch.

Im Aufzug schob ich das Gitter zu und fuhr in den fünften Stock.

Madames Haar war mit bunten Spangen geschmückt, ihre Mundwinkel zeigten nach oben, ihre

Augen strahlten stählern, auf ihrem Arm hockte ein Vogel und starrte mich an mit seinen Vogelaugen.

Zuerst erklärte sie mir den Vogel, sie sagte, es sei ein Bajaweber. Sie fügte hinzu, es sei ein zahmes Herrchen. Dass die Bajaweber-Männchen in Freiheit herrliche Nester bauten. In meinem Kopf summte es *Die Burgen der Bajaweber*. Die Concierge sprach weiter. Frühstück gab es ab sieben, frische Handtücher auf Nachfrage. Kerzenlicht war nicht gestattet. Es war einmal zum Brand gekommen, als Kerzen noch erlaubt waren. Rauchen sei verboten, nicht nur in den Zimmern, in der ganzen Wohnung.

Ich nickte.

»Ja, Madame.«

Sie sagte: »Vorkasse, bitte.«

»Ja. Natürlich.«

Ich griff nach dem Portemonnaie.

Madame nahm mir das Geld ab. Ihre Hand war warm, die Ringe an den Fingern kalt.

»Merci.«

Sie steckte die Scheine in die linke der beiden Schürzentaschen, sie trug das typische Kleid einer Concierge, zwei Taschen und ein Schürzenschnitt. Dazu die knallrot geschminkten Lippen.

Locken, die wackelten, wenn sie sprach, vielleicht eine Dauerwelle, unter dem Rot waren ihre Lippen so alt wie sie selbst.

Es ging vorbei an Türen, hinter denen andere wohnten. Der Bajaweber zwitscherte vor sich hin.

Im Zimmer sprang mich das Muster der Tapete an, Pflanzenkörper, pralle Sträucher, die Kopulieren! riefen. Blätter, die aneinander klebten, Blumenköpfe, schwer und violett.

Die Tür schloss sich leise. *A votre santé*. Auf dem Tisch standen zwei Gläser. Das Fenster war groß. Wäre Didé da gewesen, hätte er mich gleich hier, vor der Aussicht genommen.

Ich fiel auf das Bett und fing an zu weinen.

Madame hatte nicht weiter nach der Begleitung gefragt, auch Alleinreisende würden Doppelzimmer buchen.

»Es gibt nichts, was es nicht gibt.«

Sie wünschte mir noch einen schönen Abend.

Ich rief Didé von dem Telefon im Flur aus an, fing wieder an zu weinen, als er sagte, dass er es nicht mehr schaffe und dass unsere Beziehung irgendwie schwierig sei. Meine Trauer wandelte sich in Wut.

»Das kannst du nicht mit mir machen!«, fauchte ich in den Hörer.

Ich trank in einer Bar, dann sprach ich einen Typen an, der mir eigentlich gar nicht gefiel. Es war mir egal. Er kam mit zu mir. Wir liebten uns in der Pension, mit dem Blick auf die Seine, und ich hasste mich dafür.

Wir duschten zusammen. Der Typ strich über meine Haut.

»Schönheit …«

Ich schaute ihn fragend an.

»Du bist unglaublich hübsch.«

»Wie auch immer.«

Ich rollte mit den Augen, sagte, dass er bald verschwinden müsse, spätestens aber vor dem Frühstück.

»Na klar«, entgegnete er grinsend.

Als er weg war, rief ich Didé an und erzählte ihm, was ich getan hatte.

»Princesse, weißt du, wie spät es ist?«

Er gähnte in den Hörer.

»Lass mich schlafen.«

Madame schob den Korb in meine Richtung,

»Die Croissants, Tara.«

Ich war nicht hungrig. So liebeskrank wie ich war. Aus der Boule vor mir stieg Dampf hoch, der Kaffee. Ich schüttelte den Kopf.

»Nein, merci.«

»Schade«, sagte Madame. »Die frischen Croissants habe ich vorhin extra gekauft.«

Als ich mich aufrichtete, um die Küche zu verlassen, schrie der Bajaweber.

»Iss endlich, Tara!«

Madame lachte auf.

»Mon dieu! Heute kreischt er aber ganz schön!«

Der Bajaweber trippelte aus dem Käfig schnurstracks auf mich zu.

»Du sollst essen, habe ich gesagt.«

Ich griff nach den Croissants.

Ist man glücklich, versteht man Paris besser, spürt die Liebe und sieht das Schöne in den Gassen der alten Stadt. In meinem Zustand aber konnte ich gar nicht anders, als Paris zu bespucken, Telefonzellen zu stürmen.

Heiß klebte der Triumphbogen an meinem Rücken.

Das war der berühmte Pariser Sommer.

Paris wie auf den Postkarten. Saugen die Franzosen denn mit der Muttermilch schon die Liebe auf?

Aus den Augenwickeln sah ich, dass ein Rock an mir vorbeiflatterte, rote Punkte auf weißem Stoff. Pumps klackerten auf dem Bürgersteig, Parfüm schoss in die Luft. Süßlicher Gestank. Mein Kopf schmerzte.

Im Laternenschein wartete ich auf den Bus, der mich zurück zur Pension bringen sollte.

An den Scheiben des Kiosks an der Haltestelle klebten Schlagzeilen, sie endeten mit Ausrufezeichen. Ich drückte meine Nase an die Scheibe. Plötzlich lugte ein Kopf aus dem Kiosk. Die Augen schauten mich an:

»Oui, Mademoiselle?«

Ich schüttelte den Kopf.

»Non, non.«
Ich wollte ja nichts kaufen, nur schauen.

Der Bus kam, ich stieg ein, drückte den Stopp-Knopf. Die Tür öffnete sich. Ich sprang aus dem Bus. Mein Herz klopfte laut. Weinend lief ich los. Bei der Pension angelangt, zog ich das Tor zu, hockte dort so lange, bis keine Tränen mehr flossen.

Das war mein Geheimnis: Ich wollte nichts mehr als Liebe. Im Vorort war mein Geheimnis gut aufgehoben. Es knallte und zischte hinter den Vorortmauern. Das Feuer formte sich zu einem großen Herzen und mischte sich mit dem Rauch der Pariser Luft. Wer Rauch nicht aushält, der muss sterben. Ein Mädchen wie ich hält aber auch das aus.

Weil man den Schatten wie die Sonne braucht, löste ich eine Fahrkarte für die Fernbahn.

In diesem Vorort war der Himmel breit, viel breiter als über dem Vorort, in dem ich wohne.

Prärie.

Oben zogen Vogelschwärme vorbei, unten die modernen Cowboys auf ihren Vespas, Hunde bellten, vor den Blocks lärmten Kinder, die Geräusche echoten in der Luft.

Mitten in der Prärie eine Bar, deren Eingang eine aufblasbare Palme zierte. *Flamingo* prangte es in Neonlettern über der Tür. Ich setzte mich an einen der Plastiktische draußen, betrachtete die starren Blüten in der Vase ohne Wasser.

Der Kellner kam mit Notizblock und Stift auf mich zu.

»Salut.«

Ich entgegnete, dass ich Lust auf ein Eis habe. »Pistazie oder Zitrone?«, fragte er. »Wir haben nur diese Sorten.«

»Zitrone.«

Er nickte

»Okay.«

Er fragte, ob ich Touristin sei, mich vielleicht verirrt hätte.

»Nein, Monsieur, ich wollte hier ein Eis essen, wegen der Hitze, verstehen Sie?«

Ich deutete mit dem Arm in Richtung Sonne. Er schaute mich an, als wäre ich ihm peinlich.

»Ein Eis also.«

Ich lächelte.

»Ja, ein Eis.«

Er kam zurück mit einer Schale und einem Glas.

»Das ist Pfefferminztee, ist hier so üblich.«

Das Eis schmeckte fantastisch, der Tee war auch gut.

Ich starrte noch ein bisschen in die Banlieue-Luft, dann ging ich hinein, um zu zahlen. An der Wand hing ein Poster von Edith Piaf umringt von Rappern. Maurice, so hieß der Kellner, bekam ein Trinkgeld. Dafür schenkte er mir ein verschmitztes Grinsen. Er sagte, es gäbe Jungen, die darauf achteten, dass den Touristinnen, die sich verirrten, nichts passierte.

Als ich wieder in der Pension war, setzte der Regen ein. Mit einer Hand führte ich die Beruhigungspille zum Mund, die andere Hand streckte ich aus dem Fenster. Die Tropfen fühlten sich gut an auf meiner Haut. Darunter pochte mein heißes Blut. Von wem habe ich das? Von wem das Blut? Es muss ein gewaltiges Tier gewesen sein.

*Tss tss*, zischte es in mir, *hör auf zu träumen, Tara. Denk lieber über deine Zukunft nach.*

Die restlichen Glieder wollten meiner Hand folgen. Ich zog die Hand zurück, griff nach der Jacke.

Der gummiartige Stoff der Jacke ließ keinen Regen durch, ich assoziierte Kondome. Die dicken Gummis, die Didé anfangs benutzte. Er zog die Kondome aus einem Automaten in der Banlieue. *Vergiss auch das*, sagte die Stimme.

In irgendeiner Brasserie baggerte ich drauflos, einer von den Typen kam auf Anhieb mit.

Küsse im Regen. Die Augen des Schönlings waren von langen Wimpern umkränzt. Natürlich war er beschäftigt, er habe keine Zeit, versuchte, es mit einem Lächeln zu erklären. Und natürlich hatte ich Verständnis. Er ging in seine Richtung und ich zurück in die Brasserie. Ich löffelte die Suppe aus.

Ich wunderte mich, dass die Schale noch auf dem Tisch stand und auch der Wein, den der Mann für uns bestellt hatte. Als die Schale leer war, bestellte ich noch eine. Während ich aß, schob sich jemand an mich heran und versuchte, mit einer Hand meine Brüste anzufassen. Ich richtete mich auf, ohrfeigte den Typen, dabei fiel die Suppe herunter. Ich lief aus der Brasserie heraus, rannte durch die Straßen, ein Regenbogen zog auf, ein Wunder wie aus dem Nichts. Beim Anblick der strahlenden Farben kam mir die Kotze hoch.

Ich blieb im Erbrochenen liegen, hörte die Passanten fluchen und spucken. Als jemand gegen mein Bein kickte, richtete ich mich auf. Es klappte nur halb, auf allen vieren schleppte ich mich durch die Straße.

Mein Kopf stieß plötzlich hart gegen eine Wand, ich blickte hoch. Eine Mauer, auf der Graffiti prangten. Eines der Sprühbilder drängte sich mir auf, ein Pastell. Eine Dame wie aus den vorigen Jahrhunderten, dem Rokoko vielleicht, in ihrem Haar steckten Federn, im Dekolleté rote Blüten, in den Augen der Edlen schimmerte das Licht. Sie hielt eine Weihrauchschale in der Hand.

Im Internetcafé unweit der Mauer fragte ich, ob ich pinkeln könnte.

»Oui, oui«, nickte die Frau hinter dem Tresen.

Die Treppe sei frisch gewischt, fügte sie hinzu.

»Attention!«

Auf dem Klo wusch ich mein Gesicht, rückte alles an mir zurecht, die Kleider und die Frisur.

Oben bestellte ich einen Café und fing an, die Malerin des Pastells zu googeln.

Jemand (Gott?) warf der Malerin einst eine Anleitung herunter. Wie sich das Blau malen ließe. Sie drehte den Zettel in ihren Händen, korrigierte all die Fehler, dann erst griff sie zur Kreide.

Die Sonne spuckte orange auf Paris. Ich schloss die Gardine und trat aus dem Zimmer.

Madame drückte mich und gab mir Madeleines mit. Den Bajaweber küsste ich zum Abschied auf den Schnabel.

*Warum bleibst du nicht einfach?*, flüsterte es in mir. Das Flüstern mischte sich mit den anderen Geräuschen, dem Geplapper der Passanten, dem Ächzen der Fahrzeuge.

Ich stieg in den Bus, der mich zum Bahnhof bringen sollte. *Du Idiotin, wisch das weg*, befahl es. Ich schaute mich um. Was wegwischen? Es war nichts da. Ich wusste nicht, worum es ging, tat aber, was es sagte. Mit einem Taschentuch polierte ich die Sitze.

*Eigentlich könntest du dich vor die Schienen werfen*, huschte es durch meinen Kopf, als der Thalys anfuhr. Ich biss in das Fischbrötchen, das ich im Bahnhof gekauft hatte, ignorierte die tödliche Anweisung in meinem Kopf.

Mit dem angebissenen Brötchen in einer Hand und dem Koffer in der anderen suchte ich das Abteil. Seltsam, dass der Mann, der darin gesessen hatte, es verließ, als ich eintrat. Ich vermutete zunächst, es wäre wegen des Brötchens, des Fischgeruchs.

Erst als ich mich im Abteil umsah, begriff ich, wovor er wirklich geflohen sein könnte.

Feurige Blumen hingen auf dem Bild über einem der Sitze. Farben, die in den Augen brannten.

Ich nahm mir vor, das auszuhalten, sitzen zu bleiben.

Im Postkasten steckten eine Mitteilung aus dem Institut und Mahnungen, die Stromrechnung, die Telefonrechnung. Auch das eigentlich kein Grund, sich umzubringen. Ich riss die Briefe in Stücke und warf die Fetzen in den Mülleimer. Dann drückte ich den Knopf, der auf dem AB blinkte. Eine Nachricht von Didé. Er sagte, es tue ihm alles leid.

Die Milch, Feldbachs Schloss. Feldbach starrte mich an.

»Das Fräulein hat die Milch verschüttet.«

Alles war durcheinandergeraten. Man trinkt aus einem Glas und nicht aus der Milchkanne.

»Entschuldigung«, sagte ich und stellte die Kanne ab. Mit dem Ärmel wischte ich mir den Mund ab. Ich bot Feldbach an, die verschüttete Milch aufzuwischen.

»Nein, nein«, entgegnete Feldbach, sagte, das Fräulein wirke krank. Ob es Fieber habe?

Ich schüttelte den Kopf.

»Fieber? Glaube ich nicht.«

Ich zog die Postkarte aus der Hosentasche und gab sie Feldbach.

»Hier. Die ist für Sie.«

Er freute sich.

»Paris, wie schön.«

Mutter war weg, mit Didé war es vorbei, Vater hatte nicht angerufen, und ich wusste nicht, was ich war. Ein Tierchen vielleicht, das aus den Büschen springt.

Im Morgengrauen stieg ich in die Straßenbahn. Vor der Kanzlei wartete ich auf Nicole Voss, ich war zu früh dran, ich und die Müllmänner und ein Bäcker, ich ging hinüber und kaufte Coffee to go. Die Verkäuferin stellte den Pappbecher auf den Tresen.

»Das macht zwei Euro.«

Sie rückte die Brötchen in der Auslage zurecht, während ich das Kleingeld zusammensuchte.

»Noch kleiner geht's nicht?«, meckerte sie.

»Nein«, fauchte ich zurück.

Sie seufzte.

»Und das so früh am Morgen.«

Ich schlürfte die warme Brühe auf der Treppe vor der Kanzlei.

Nicole Voss kam schnellen Schrittes auf das Kanzleigebäude zu. Sie steckte in einem grauen Kostüm, erkannte mich nicht oder tat nur so, lief einfach weiter. Ich hielt ihr die Tür auf.

»Guten Morgen, Frau Voss, ich bin's, Tara.«

Sie hob ihren Kopf, schaute mich an.

»Tara?«

Ich half ihr auf die Sprünge.

»Ein gutes Verbrechen, erinnern Sie sich noch?«

Sie rieb sich die Stirn.

»Ja, natürlich, der Termin vor einigen Wochen.«

»Genau. Wie geht es Ihnen?«

»Danke, gut. Möchten Sie einen neuen Termin vereinbaren?«

Ich wusste nicht, was ich wollte, aber ein Termin war vielleicht nicht schlecht.

»Ja, ein Termin …«

»Darum kümmert sich die Rechtsanwaltsgehilfin.«

Sie öffnete ihren Aktenkoffer.

»Hier, bitte.«

Eine Visitenkarte, schneeweiß, der Print geschwungen.

»Am besten anrufen, es ist immer viel los. Tschüss.«

*So nicht*, flüsterte es in mir.

»Nein, Frau Voss.«

Ich versperrte ihr den Weg.

»Was gibt es noch?«

»Das alles passt einfach nicht zusammen. Ich verstehe das Konzept nicht.«

Sie kratzte sich an der Stirn.

»Was verstehen Sie nicht? Und warum lassen Sie mich nicht durch?«

»Wie kann ein Verbrechen gut sein? Das ist nicht logisch.«

Sie seufzte und stellte den Koffer neben ihren Pumps ab.

»Hören Sie, das mit Ihrer Mutter tut mir ehrlich leid, was Sie durchmachen mussten, meine ich.«

Nervös fuhr sie sich mit den Händen durch das Haar. Es schimmerte im Licht der aufgehenden Sonne.

»Ich muss gehen, Tara, sonst komme ich zu spät. Ich habe heute eine wichtige Besprechung.«

Sie lächelte.

»Es wird ein schöner Tag.«

Ach ja. Die Sonne.

In der Welt, so wie sie ist, dealt jeder allein mit seinem Schmerz.

Ich wusste nicht, wohin mit mir, über der Stadt loderte die Hitze, ich lief den Schmetterlingen hinterher in das von Lichtsprenkeln durchzogene Grün, den Park. Dort, unter der Oberfläche des künstlich angelegten Sees, brodelte es, am Ufer quakten Enten. Es ist sinnlos, gib auf, Tara, sagten sie. *Die dummen Enten*, sprach es in mir.

Ich verließ den Park, lief weiter, vor einer Apotheke blieb ich stehen. *Das bringst du nicht fertig*, murmelte es in mir. Ich öffnete die Tür.

Ich weiß, große Mädchen bringen sich nicht um. Bevor ich die Pillen schluckte, rief ich den Notdienst an. Zusätzlich sprach ich eine Nachricht auf Feldbachs Anrufbeantworter.

Ich lutschte die Pillen, als wären es Bonbons.

Als ich aufwachte, saß Feldbach neben mir. Er sagte:

»Das Fräulein muss weiterleben.«

Statt Medikamenten trank ich die Feldbach'sche Milch.

Jetzt trage ich ein blaues Kleid. In meinen Nachtmahren und den Tagträumen ist es pastellfarben. Statt an Leinen werden Hunde an rosa Schleifen Gassi geführt. Ich schminke mir einen Kussmund, ich bin so hübsch, dass der Spiegel platzt. Die Scherben schneiden sich in mein Fleisch, die Milch färbt sich rosa, wenn ich sie trinke.

Den Tod verdient man sich. Der Tod ist ein Geheimnis, die größte Verschwörung gegen die Menschheit überhaupt. So hoffnungslos der Menschheit überlegen, so unbesiegbar, so strahlend wie das Leben.

Ich habe mir den Tod nicht verdient. Auf dem klapprigen Fahrrad mit der rostigen Kette und der kaputten Klingel fahre ich gegen den Wind an. Ein neues Fahrrad wäre schön. Vielleicht bekomme ich irgendwann eines geschenkt.

Ich zupfe mir die Augenbrauen, dann wasche ich meine Haare und greife nach dem Fön. Das Handy klingelt. Erst als das Haar trocken ist und glatt gekämmt, schaue ich auf das Display. Didés Nummer.

Die Männer sagen, ich sei hübsch, dass mein Körper ihnen gefalle, ich mich nicht operieren lassen müsse.

Didé schenkte mir einmal eine Nelke. Er sagte:

»Ich weiß, das sind nicht deine Lieblingsblumen, aber die hatten sonst keine in dem Laden. Deshalb die Nelken.«

Ich zuckte mit den Schultern.

»Merci, Didé.«

Am Hals einer der Nelken hing ein Zettel:

*Je t'aime, Princesse.*

Wundervoll, wie ich alles unter einen Hut bringe. In meinem Leben passt wieder alles zueinander.

Es ist Samstagnacht, und ich wohne immer noch im Vorort. Im Keller hetzen die Jungen ihre Hunde aufeinander. Jemand verliert bei dem Hundekampf sein Geld, und schon geht es los mit all den Fäusten.

Der Krach in meinem Kopf wurde nicht leiser, mit den Jahren kamen neue Noten hinzu. Ein großartiger werdendes Konzert in meinem Kopf.

Die Bienen, wenn ich hinausgehe, die Vögel und die Schmetterlinge, die blühenden Blumen im Sommer im Garten von Feldbach. Das Klacken der Schnäbel, das Schlagen der Flügel. Vögel über Feldbachs Garten, Vögel über dem Block.

Und plötzlich steht sie vor der Tür. Ich glaube ihr kein Wort und lasse mir den Ausweis zeigen. Demnach ist sie es. Mutter. Hätte sie das nicht schriftlich, hätte ich die Polizei gerufen.

Ich schweige. Ich weiß nicht, was sagen. Sie ist ergraut und hat zugenommen. Ihre Haut wirkt matt, ihren Hals ziert eine Kette. *Sie könnte wertvoll sein, nimm sie ihr ab*, huscht es durch meinen Kopf. Nein, ich bin doch keine Diebin, antworte ich ohne Stimme.

Ich frage Mutter nicht, wo sie nun wohnt, auch nicht, warum sie mich damals verlassen hat.

Fünf Fotos, fünf Männer, die sie seitdem hatte, in deren Wohnungen sie lebte, die sie durchbrachten. Sie deutet auf eines der Fotos, die sie auf den Tisch gelegt hat.

»Schau mal, Tara, er ist Geschäftsführer.«

Der lächelnde Mann im Anzug ist ein Verkäufer, der mit Schal und Mantel ein Barbesitzer.

Je mehr sie erzählt, desto weniger verstehe ich.

»Ich verstehe nicht«, sage ich in den Raum hinein.

Vor meinen Augen tollen die Kampfhunde, zwischen denen ich früher übernachtete, als es besonders kalt war. Ich war dankbar für die Wärme, für das weiche Fell der Hunde.

Mutter weint.

»Verzeih mir, bitte.«

Sie zerrt an mir, fürchtet sich, einzuschlafen, sich in der Hölle wiederzufinden.

Als sie schläft, frage ich den Mond, was mit Mutter anzufangen sei.

»Nach allem, was du ihretwegen durchgemacht hast, Tara …«

Ich drehe Kreise im Zimmer. Der Mond strahlt mich finster an.

»Gib acht«, mahnt der Mond, seine Stimme klingt wie Vaters.

Die Worte des Mondes hallen in meinem Kopf nach.

Jede Nacht derselbe Tod. Man wundert sich. An den Moment, in dem man einschläft, erinnert man sich nicht. *Tu es endlich*, flüstert es in mir. Mutter erscheint im Raum. Ihre Lippen öffnen sich. Ich höre nicht, was sie sagt. Dem Wesen in mir wachsen Hände.

Mein wildes Seelentier.

Würmer werden sich um Mutter kümmern.
Sie werden aus dem Keller hochkriechen.
Den Todeswürmern stehen alle Türen offen.
Stille im Kopf.
Die Stimme in mir ist tot.
Endlich.
Ein gutes Verbrechen.

Mein Name ist Tara, und ich bin tollwütig.

Ivana Sajko

## Liebesroman

*Aus dem Kroatischen von Alida Bremer*

Ivana Sajko führt uns in einen Krieg zwischen Küche und Schlafzimmer, in die finanzielle und emotionale Auflösung einer Ehe: Er, ein arbeitsloser Humanist, versucht, die Welt zu ändern. Sie, eine passable Schauspielerin, kündigt ihren Job, um ein Kind zu bekommen. Er ist berauscht, sie ist besorgt. Beide kreisen sie umeinander und dem Abgrund entgegen.

Ausgezeichnet mit dem Internationalen Literaturpreis 2018.

*»Als ich Ivana Sajko das erste Mal traf und ihre Texte hörte und las, wusste ich sofort, das ist was Besonderes. Da spürte ich die Kraft ihrer Sprache, die Schmerzen der Liebe und des Krieges, und ich war getroffen von diesem klaren und poetischen Sajko-Sound.«*
(Clemens Meyer, Autor)

Roman
176 Seiten, gebunden
ISBN 978-3-86391-182-9
Euro 18,00 (D)
Auch als E-Book erhältlich

*Leseprobe auf www.voland-quist.de*

Anna Herzig

## Sommernachtsreigen

Eine sitzengelassene Frau, nennen wir sie Hannerl, fliegt nach Istanbul und schreibt die Geschichte einer schicksalhaften Begegnung auf: Die Geschichte von zwei Männern, die am Ende weit mehr teilen, als man sich anfangs auszumalen wagt. Es ist die Geschichte von Bertl und Pawel. Und Hannerl.

*»Eine überraschende Dreiecksgeschichte über eine Ehe, eine Affäre, das Schicksal und das Glück - dicht erzählt und bis zum Ende packend.«*

(Meike Schnitzler, BRIGITTE)

Novelle
176 Seiten, gebunden
ISBN 978-3-86391-202-4
Euro 18,00 (D)
Auch als E-Book erhältlich

Nora Gomringer / Reimar Limmer

# Morbus

Der zweite Band der Lyriktrilogie »Monster – Morbus – Mode«. Gomringer und Limmer legen einen nicht ganz düsteren, nicht ganz ernsten Band über Morbus, Krankheit, vor, fühlen Puls, wiegen, vermessen und schieben ein paar Zäpfchen nach. Und wieder bricht dabei Sprache auf, Bild zu werden und Bild bricht auf, sich in Sprache zu übersetzen. Nur Gesundheit bleibt … relativ.

*»Gedichte, die spielerisch mit den großen Tabus unserer Zeit umgehen und zudem witzig und subtil illustriert sind.«*

(Beate Tröger, Der Freitag)

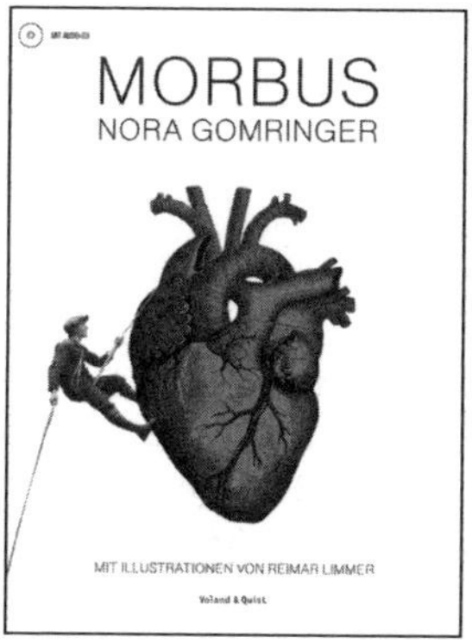


Buch+CD
64 Seiten, zahlr. farb. Abb.
ISBN 978-3-86391-097-6
Euro 17,90 (D)

*Leseprobe auf www.voland-quist.de*

Marion Brasch / Matthias Friedrich Muecke

## Die irrtümlichen Abenteuer des Herrn Godot

Wladimir und Estragon warten auf Godot, doch er kommt nicht. Vielleicht hat er sich verlaufen, oder er weiß gar nicht, dass jemand auf ihn wartet. Godot ist auf jeden Fall in Marion Braschs wunderbar absurdem Roman unterwegs und erlebt seltsame Abenteuer …

*»Wo Becketts ›Warten auf Godot‹ die Trostlosigkeit des menschlichen Lebens vorführt, spendet Brasch fortwährend Trost. Ein irres Büchlein ist das. Irre lustig. Und irre schön.«*

(Martin Hatzius, Neues Deutschland)

Buch
160 Seiten, gebunden
ISBN 978-3-86391-135-5
Euro 18,00 (D)
Auch als E-Book erhältlich

*Leseprobe auf www.voland-quist.de*

Olja Savičević

## Sänger in der Nacht

*Aus dem Kroatischen von Blažena Radas*

Pomela Peović begibt sich auf die Suche nach ihrem verschwundenen Ex Fink. Alles, was der Streetart-Künstler hinterlassen hat, sind fingierte Briefe, die er in seiner Nachbarschaft verteilte – mal von einem streunenden Hund, mal von verstorbenen Dichtern oder Gottheiten verfasst. Immer aber schreibt er über den leidenschaftliche Gesang der Liebenden, der ihn nachts nicht schlafen lässt.

*»Savičevićs Bücher sind grandios lakonisch geschrieben und dadurch so viel Gefühl hervorrufend wie selten.«*

(SWR2 Literaturen)

Roman
192 Seiten, gebunden
ISBN 978-3-86391-215-4
Euro 18,00 (D)
Auch als E-Book erhältlich

*Leseprobe auf www.voland-quist.de*